POLIXENE ET PIRRHUS,

TRAGEDIE;

REPRE'SENTE'E POUR LA PRE'MIERE FOIS

PAR L'ACADEMIE ROYALE DE MUSIQUE,

Le Jeudy vingt-unième jour d'Octobre 1706.

A PARIS,

Chez CHRISTOPHE BALLARD, seul Imprimeur du Roy pour la Musique, ruë S. Jean de Beauvais, au Mont-Parnasse.

M. DCCVI.

Avec Privilege de Sa Majesté.

LE PRIX EST DE TRENTE SOLS.

PERSONNAGES
DU PROLOGUE.

JUPITER,	Monſieur Hardoüin.
NEPTUNE,	Monſieur Dun.
MINERVE,	Mademoiſelle Dujardin.
MERCURE,	Monſieur Chopelet.

Troupe d'Habitants de la nouvelle Ville.

Troupe de Bergers, & de Paſtres.

UN BERGER,	Monſieur Boutelou.
UNE BERGERE,	Mademoiſelle Loignon.

Suite de NEPTUNE, & de MINERVE.

Noms des Acteurs chantants dans tous les Chœurs du Prologue, & de la Tragedie.

MESDEMOISELLES

Duval.	Loignon.	Dujardin.	Aubert.
Baſſet.	Chevalier.	Demerville.	Riolle.
Guillet.		Cochereau.	

MESSIEURS

Prunier.	La Coſte.	Maillard.	Crêté.
Courteil.	Cadot.	Dacqueville.	Lebel.
Solé.	Jolain.	Deſvoys.	Perere.
Renard.	Bertrand.	Mantienne.	Paris.
Marianval.	Buzot.	Le Jeune.	

DIVERTISSEMENTS
Du Prologue.

TRITONS,

Monſieur D-Dumoulin,
Dumirail, Dangeville-L., Dangeville-C., & Javilliers.

GUERRIERS,

Meſſieurs Blondy, & Ferand.

BERGERS,

Meſſieurs Germain, Dumoulin-L., F-Dumoulin, & P-Dumoulin.

BERGERES,

Mademoiſelle le Fevre.
Meſdemoiſelles Preveſt, Guyot, Lecomte, & la Fargue.

AVIS.

LE HUITIE'ME VOLUME du Recüeil général des *Opera en Paroles*, eſt imprimé de la même maniere que les ſept premiers Volumes qui parurent au mois de Juin 1703. On vend 16. livres le Recüeil des huit Volumes, qui contient 64. Opera, ornez chacun d'une Planche.

On vend ſéparément le huitiéme volume, 2. livres.

PROLOGUE.

Le Théatre représente une Ville nouvellement bâtie : On voit la Mer dans l'éloignement.

Dans le temps qu'on leve la Toile, MERCURE traverse le Théatre par un vol rapide.

SCENE PREMIERE.

MERCURE.

Ortunez Habitants de ces aimables lieux,
Vous qui venez d'embelir ce Rivage,
Accourez, & voyez les Dieux
Disputer entre eux l'avantage
De vous faire un sort glorieux.

Les Habitants de la nouvelle Ville entrent sur la Scene.

CHOEUR.

Mercure nous appelle,
Assemblons-nous de toutes parts,
Les Dieux s'offrent à nos regards;
Marquons-leur nôtre Zele.

MERCURE.

Icy les fleurs, l'ombrage, & la verdure,
Des Mortels enchantent les yeux;
L'Art s'y joint avec la Nature;
Ce sejour est digne des Dieux.

On entend une magnifique Harmonie; les flots de la Mer sont agitez, il se repand quelques éclairs dans les airs; on aperçoit MINERVE dans son Char.

MERCURE.

Les Tritons agitent les Ondes,
Neptune sort de ses Grotes profondes.
Minerve paroît dans les airs;
Le nuage qui s'avance,
Nous annonce la presence
Du Souverain de l'univers.

Dans le temps que MERCURE chante ces derniers Vers, NEPTUNE sort de la Mer, suivi de Tritons; MINERVE descend du Ciel; JUPITER paroît dans sa gloire, accompagné des Divinitez de l'Olimpe.

ẽẽ

SCENE II.

SCENE DEUXIE'ME.

JUPITER dans sa gloire, MINERVE, NEPTUNE, & les Acteurs de la Scene précédente.

NEPTUNE.

C'Est moy qui dois proteger ce Rivage.
C'est moy qui dois vous rendre heureux.
Je vous garentiray des fureurs de l'orage,
Je seray propice à vos vœux.

Tout doit fléchir sous la puissance
Du redoutable Dieu des Flots.
D'un sterile rocher, voyez sortir ces eaux,
C'est un nouveau tribut pour mon Empire immense.
Tout doit fléchir sous la puissance
Du redoutable Dieu des Flots.

NEPTUNE frape un rocher de son Trident; Il en sort un Fleuve qui se précipite dans la Mer.

Les Tritons dansent pour marquer la joye de ce Prodige.

MINERVE.

Je viens vous offrir à la fois,
Tout ce qui rend heureux les Mortels sur la terre;
Victorieux pendant la Guerre,
A vos fiers ennemis vous donnerez des loix.

Dans le temps le moins tranquile,
Malgré les fureurs de Mars,
Ce séjour sera l'azile
Des Sciences & des Arts.

Une heureuse abondance,
Remplira vos souhaits;
De tous les biens que je promets,
Cet arbre sera l'assurance.

MINERVE frape la terre de sa Lance; Il en sort un Olivier.

La suite de MINERVE danse.

NEPTUNE, & MINERVE.

Cedez, cedez-moy la Victoire,
Croyez-vous sur moy l'emporter?
C'est aßez pour vous de la gloire,
D'avoir osé la disputer.

JUPITER.

Gouvernez l'Empire de l'Onde;
C'est le second Trône du monde;
Neptune, ce destin est assez glorieux;
Que Minerve regne en ces lieux,
Qu'elle y donne des Loix, que son pouvoir suprême
Rende heureux un Peuple qu'elle aime.

NEPTUNE.

Je ne resiste plus, & je me rends; Déesse,
Regnez dans ces beaux lieux en paix,
Accomplissez vôtre promesse;
Que ce grand jour soit celebre à jamais.

MINERVE.

Qu'Athenes soit le nom de cet heureux azile;
Rien ne sçauroit borner le cours
De la felicité d'une superbe Ville
Que je protegeray toujours.

MINERVE, NEPTUNE, & MERCURE.

Livrez vos cœurs aux plaisirs les plus doux,
Goûtez un sort rempli de charmes,
Bannissez les soucis, bannissez les allarmes,
La Sagesse veille pour vous.

CHOEUR.

Livrons nos cœurs aux plaisirs les plus doux,
Goûtons un sort rempli de charmes,
Bannissons les soucis, bannissons les allarmes,
La Sagesse veille pour nous.

UN BERGER.

Est-il une Fête charmante,
Si l'amour n'en fait l'agrément?
Sans quelque tendre empressement,
Elle paroît bien languissante.
Est-il une Fête charmante,
Si l'amour n'en fait l'agrément?

Qui voit dans les yeux d'une Amante
La fiere liberté mourante,
Ressent dans cet heureux moment,
Qu'il n'est point de Fête charmante,
Si l'amour n'en fait l'agrément.

UNE BERGERE.

Si c'est un doux plaisir que de livrer son cœur,
Au tendre penchant qui l'entraîne ;
C'est une rigoureuse peine,
D'éprouver en aimant une volage ardeur.

Le Berger trompeur, & le tendre,
Prennent également l'air de sincerité ;
C'est la crainte de nous méprendre,
Qui sauve nôtre liberté.

CHOEUR.

Jour heureux ! fortuné Moment !
Le Ciel pour nous est favorable,
Il nous promet un sort charmant,
Qui doit être à jamais durable.
Jour heureux ! fortuné Moment !

FIN DU PROLOGUE.

ACTEURS DE LA TRAGEDIE.

POLIXENE, *Fille de Priam Roy de Troye, Captive de Pirrhus,* Mademoiselle Desmâtins.

PIRRHUS, *Roy d'Epire, Fils d'Achille,* Monsieur Thevenard.

ULYSSE, *Roy d'Itaque,* Monsieur Boutelou-Fils.

ERIXENE, *Sœur de Polymnestor Roy de Thrace,* Mademoiselle Journet.

CEPHISE, *Dame Troyenne, Confidente de Polixene,* Mademoiselle Dupeyré.

VENUS, Mademoiselle Poussin.

JUNON, Mademoiselle Loignon.

MINERVE, Mademoiselle Dujardin.

IRIS, Mademoiselle Dupeyré.

LA JALOUSIE, Monsieur Mantienne.

CALCHAS, *Fils de Thestor, Sacrificateur & Devin,* Monsieur Hardoüin.

Troupe & Chœurs de Grecs.

Troupe & Chœurs de Thraciens & de Thraciennes.

UNE THRACIENNE, Mademoiſelle Aubert.

AUTRE THRACIENNE, Mademoiſelle Loignon.

Les Grecs, les Jeux, & les Plaiſirs, à la ſuite de VENUS.

Suite de JUNON.

Suite de MINERVE.

Les Soupçons, la Crainte, la Haine, & la Fureur, à la ſuite de la JALOUSIE.

Sacrificateurs, à la ſuite de CALCHAS.

Troupe de Guerriers, à la ſuite de PIRRHUS.

Troupe de Bergers & de Paſtres.

UNE BERGERE, Mademoiſelle Loignon.

La Scene eſt en Thrace.

DIVERTISSEMENTS de la Tragedie.

PRE'MIER ACTE.

THRACIENS & THRACIENNES,
Mademoiselle Guyot,
Monsieur F-Dumoulin, & Mademoiselle Prevost,
Mesdemoiselles le Fevre, Lecomte, Dufresne, & la Fargue.

GRECS,
Messieurs Dumirail, P-Dumoulin, Marcel, & Javilliers.

SECOND ACTE.

GRACES,
Mesdemoiselles Prevost, Guyot, & le Fevre.

PLAISIRS,
Messieurs Germain, Dumoulin-L., Blondy, & Ferand.

JEUX,
Messieurs F-Dumoulin, P-Dumoulin, D-Dumoulin, & Dupré.

TROISIE'ME ACTE.

SUITE DE JUNON,
Mademoiselle Prevost,
Monsieur Dumoulin-L., & Mademoiselle le Fevre,
Messieurs Germain, Ferand, Dumirail, P-Dumoulin, & Pecour.

SUIVANTES DE MINERVE,
Mesdemoiselles Lecomte, Carré, Dufresne, la Fargue, & Mangot.

QUATRIE'ME ACTE.

SUIVANTS DE LA JALOUSIE,
Monsieur Dumoulin,
Messieurs Germain, Dumoulin-L., Dangeville-L., Dangeville-C., Dumirail, & la Vigne.

AMANTS HEUREUX,
Messieurs P-Dumoulin, Pecour, D-Dumoulin, & Dupré.

AMANTES HEUREUSES,
Mesdemoiselles Prevost, Guyot, le Fevre, & Dufresne.

CINQUIE'ME ACTE.

HEROS,
Monsieur Dangeville-L.,
Messieurs Dumirail, la Vigne, Javilliers, & Marcel.

BERGERS,
Messieurs P-Dumoulin, Pecour, D-Dumoulin, & Dupré.

BERGERES,
Mesdemoiselles le Fevre, Lecomte, Dufresne, & la Fargue.

PAYSANNES,
Mesdemoiselles Prevost, & Guyot.

PAYSANT,
Monsieur F-Dumoulin.

POLIXENE.

POLIXENE,
TRAGEDIE.

ACTE PREMIER.

Le Théatre repréſente la Place publique d'une Ville maritime.

SCENE PREMIERE.

POLIXENE.

Ruel Devoir, laiſſe-moy reſpirer.
Soi moins ſévere,
Force ma bouche à ſe taire;
Permets-moy de ſoûpirer.

L'Objet de mon amour, eſt l'objet de ma haine.
L'Ennemy déchire mon cœur,
L'Amant fait naître ma langueur;
L'un & l'autre fait ma peine.

Cruel Devoir, laiſſe-moy reſpirer.
Ah! s'il ſe peut, ſoi moins ſévere,
Force mes yeux & ma bouche à ſe taire;
Mais permets-moy de ſoûpirer.

SCENE DEUXIE'ME.

POLIXENE, CEPHISE.

CEPHISE.

Pirrhus vous cherche avec empressement,
Il ne peut sans vous voir, rester un seul moment.

POLIXENE.

La fille de Priam, la triste Polixene
Ne doit voir en Pirrhus que l'objet de sa haine.
Le nom de ce Vainqueur allume mon couroux.

CEPHISE.

Prenez des sentiments plus doux.

POLIXENE.

Le puis-je? helas! rappelle-toy l'image
De cette nuit où le courage
Fût la victime de la rage.

Pirrhus fut le premier qui s'offrit devant moy,
La flâme qu'il porta dans le Palais du Roy
Me fit voir ce Guerrier transporté de colere,
Qui semant la mort & l'effroy,
Ne faisoit que trop voir qu'Achille étoit son Pere.

CEPHISE.

Dans l'orage cruel qui menaçoit vos jours,
Ce Pirrhus intrepide,
Interdit & timide...

POLIXENE.

M'en parleras-tu toûjours.
Cesse de prendre la deffense,
D'un Ennemy si dangereux,
Je dois le haïr, je le veux.
Combattre ce deßein, c'est me faire une offense.

CEPHISE.

Vous le voulez...

POLIXENE.

Cede sans résistance.

Amour, ne vante plus ton frivole pouvoir,
Un cœur qui se nourrit de larmes
Ne redoute point tes allarmes,
Et secondé de son devoir,
Il triomphe aisement de tes plus fortes armes.

CEPHISE.

Les vents nous ont poussez dans ce Port de la Thrace,
Sœur de Polimnestor, Erixene en ces lieux
De ce Monarque tient la place.....
Pirrhus a ressenti le pouvoir de ses yeux,

POLIXENE.

Ma surprise est extrême!
Se peut-il que Pirrhus?... mais je le voy luy-même.

SCENE TROISIÉME.

PIRRHUS, POLIXENE, CEPHISE.

PIRRHUS.

LA Thrace nous offre un azile
Contre les vents, & les flots en couroux;
Vous estes à l'abry de leurs dangereux coups,
Helas! en suis-je plus tranquile?
A la crainte succede une sincere ardeur,
Une injuste colere
Sera le fruit d'un aveu téméraire;
Et cependant mon cœur
Ne peut se résoudre à se taire.

Je sens le pouvoir de vos yeux,
Je tremble auprés de vous, je languis, je soûpire,
Ce cruel martire
Seroit suivy d'un sort fortuné; glorieux,
Si l'offre de mon cœur, & du trône d'Epire
Ne vous paroissoit point un hommage odieux.

POLIXENE.

Pour la Sœur d'Hector, quel langage?
Teint du sang d'un grand Roy, dont j'ay reçû le jour,
Pouvez-vous me parler d'amour?
Ay-je merité cet outrage?

PIRRHUS.

Ay-je merité ce mépris ?
D'un tendre amour connoissez-vous le prix ?

POLIXENE.

Jeune, vaillant, chery de la victoire,
De vos offres Pirrhus, je connois la grandeur ;
Mais vôtre gloire
Me condamne à la douleur.

PIRRHUS.

C'est le crime du sort, & non pas de mon cœur.

POLIXENE.

Reprenez vôtre chaîne,
Vous avez adoré la charmante Erixene,
Tout luy parle en vôtre faveur :
Je la vois qui s'avance.
Qu'elle ignore vôtre inconstance ;
Pour elle rallumez vôtre prémiere ardeur.

SCENE QUATRIÉME.

ERIXENE, PIRRHUS.

ERIXENE.

Vous n'avez point trompé mon esperance,
Vôtre bras est victorieux;
De vos fiers ennemis la longue résistance
Vous rend encor plus glorieux.

PIRRHUS.

Vous honorez trop mon courage.
Si l'Empire Troyen est enfin abatu,
Des Grecs c'est le pénible ouvrage,
Et non l'effort de ma seule vertu.

ERIXENE.

Sans vôtre valeur brillante,
Toute la Grece impuissante
N'auroit jamais vangé l'affront de Menelas,
Ce sont vos illustres combats....

PIRRHUS.

Quel est nôtre bonheur, généreuse Princesse!
Quand les vents en couroux
Nous éloignent de la Grece,
Vous nous faites icy trouver un sort trop doux.

ERIXENE.

Pour tous les Grecs je m'interesse.

Mon Frere au fonds de ses Etats
A des Peuples mutins fait sentir sa vengeance,
Je dois en son absence,
Vous offrir en ces lieux ce qu'il a de puissance,
Heureuse, si pour vous, elle a quelques appas!

PIRRHUS.

Par quelle reconnoissance...

ERIXENE.

Prince, je vous en dispense.
Ces chants harmonieux nous annoncent la fête
Qu'à Thetis on appreste.
Vous, Peuples soûmis à mes loix,
A leurs concerts venez joindre vos voix.

SCENE V.

SCENE CINQUIE'ME.

PIRRHUS, ERIXENE, Les Grecs, & les Peuples de la Thrace.

CHOEUR de Grecs, & de Thraciens.

TOUS ENSEMBLE.

TOy, dont l'Empire redoutable
Sert de borne à l'univers,
Puissante Déesse des mers,
A nos vœux devien favorable.

UNE THRACIENNE.

En attendant que la Mer soit tranquile,
Ces bords heureux, vous offrent un azile:
Le Dieu d'Amour
Est seul à craindre en ce séjour:
Pourquoy le craindre?
Pourquoy se plaindre
D'un trait vainqueur
Qui fait nôtre bonheur?
Sous son Empire
Que de beaux jours!
Ce qu'il inspire
Charme toûjours;
Trop heureux qui soûpire!

CHOEUR de Grecs.

Calme les vents impetueux,
Fay regner les Zéphirs sur la liquide plaine,
Et que leur douce haleine
Nous rameine
Dans nos climats heureux.

LES THRACIENS, & LES GRECS.

Aprés une illustre victoire,
La récompense des Heros
Est de goûter un doux repos,
Dans le sein de la gloire.

UNE THRACIENNE.

Sur ce rivage,
A l'abry de l'orage,
Livrez vos cœurs
Aux vives douceurs
D'un doux esclavage.
La gloire a des appas;
Mais ne vous flatez pas,
L'amour en a davantage.

Le Théatre s'obscurcit.

CHOEUR.

Quelle nuit? quelle horreur s'empare de ces lieux?
Le Dieu de la clarté se voile dans les cieux,
Quels sont nos crimes?
Quels affreux abîmes
Sous nos pas ouverts
Découvrent les enfers?

Secourez-nous, grands Dieux! dans ce péril extrême.
Quel fantôme paroît? c'est Achille luy-même.

ERIXENE, & les femmes de Thrace épouvantées se retirent

L'Ombre d'ACHILLE sort de la Terre.

L'OMBRE.

O Grecs, qui perdez la mémoire
De mes travaux & de ma gloire,
Vous vous flatez en vain d'abandonner ces bords.
Pour vous rendre Thetis propice,
Qu'un sanglant sacrifice
Assûre mon repos, dans l'Empire des Morts:
Suivez les transports de ma haine,
Sacrifiez Polixene.

PIRRHUS.

Polixene, grands Dieux! quel malheur est le mien!..

Il sort.

CHOEUR.

Répandons le sang Troyen.
Pour obeir à ton Ombre plaintive;
Qu'un Autel ensanglanté
Elevé sur cette Rive,
Serve de Monument à la posterité.

FIN DU PREMIER ACTE.

ACTE SECOND.

Le Théatre représente des Jardins.

SCENE PREMIERE.

PIRRHUS.

On Pere sort de la nuit du tombeau,
Et sa voix menaçante,
Ordonne qu'un fatal coûteau
Tranche le fil d'une vie innocente.

Par de charmants liens
Mes jours sont attachez aux siens,
Je ne puis obeir, Ombre chere & cruelle,
L'Amour seul à ta voix, peut me rendre rebelle.

Grands Dieux ! à quel malheur m'avez-vous deſtiné?
N'etoit-ce pas aſſez d'aimer une Inhumaine ?
Achille, trop cruel ! ingrate Polixene !
Qui me rendez Amant, & Fils infortuné ;
Ay-je merité tant de haine !

Je vois Ulyſſe, Ciel ! qui l'ameine en ces lieux?
Cachons mon deſordre à ſes yeux.

SCENE DEUXIE'ME.

ULYSSE, PIRRHUS.

ULYSSE.

LEs Dieux ont expliqué leur volonté ſuprême,
Je ſuis chargé du triſte employ,
De vous preſſer d'obeïr à la Loy
Qu'Achille vient de prononcer luy-même.
Il ne tient plus qu'à vous que nous ſoyons heureux.

PIRRHUS.

Les Dieux n'ordonnent point un crime:
Immoler Polixene en ſeroit un affreux.

ULYSSE.

C'eſt l'unique victime
Qui peut les obliger à recevoir nos vœux.
Calchas, ce Calchas infaillible,
Qui du ſombre avenir perce l'obſcurité,
Vient de nous déclarer que le Ciel irrité,
Par ce ſeul ſang peut devenir flexible.

PIRRHUS.

Non, je ne puis livrer au barbare Calchas
Tant de vertu, tant de jeuneſſe;
C'eſt vainement que l'on me preſſe.
Non, je ne puis livrer au barbare Calchas,
Un Objet ſi plein d'appas.

ULYSSE.

Cette Princesse
Est esclave de la Grece,
Et la Grece en veut disposer.

PIRRHUS.

Et moy, je dois la refuser.
Polixene est mon partage,
Immolez, s'il le faut, tous les autres Troyens,
Je deffendray ses jours, en exposant les miens.

ULYSSE.

Qui soûtiendra, Seigneur, ce dessein?

PIRRHUS.

Mon courage.
Si le desir d'un vain laurier,
Ne trouve rien d'impossible;
Que ne peut un Guerrier,
Pour sauver la Beauté qui l'a rendu sensible?

ULYSSE.

La foiblesse dans le Heros
En est plus remarquable;
S'il n'est à luy-même semblable,
Il perd le fruit de ses travaux.
Vous allez contre vous armer vôtre Patrie.

PIRRHUS.

Je méprise sa furie:
Les discours sont superflus.

ULYSSE.

ULYSSE.

Eh! que pourra penser la Grece,
En apprenant vôtre refus?

PIRRHUS.

Si son destin vous interesse,
Apprenez-luy, Seigneur, à menager Pirrhus.

SCENE TROISIE'ME.

PIRRHUS.

VA, dangereux Ulysse,
Annonce à tous les Grecs le refus que je fais.
Leur valeur, ni ton artifice
Ne me forceront jamais
A consentir à leurs forfaits.

Quoy! je serois complice
De l'horrible sacrifice
Où le sang.... quel sang? j'en frémis d'horreur.
Pour arrester cette injustice,
Il suffit de l'amour qui regne dans mon cœur.

SCENE QUATRIE'ME.

PIRRHUS, POLIXENE.

POLIXENE.

SEigneur, je viens d'apprendre,
Que les Grecs veulent répandre
Le sang Troyen.
Si ce n'étoit que le mien,
Je craindrois peu leur barbarie;
Mais je tremble pour une vie....

Se pourroit-il que leur fureur
En voulût aux jours de ma Mere!

PIRRHUS.

Banissez de vôtre cœur
La crainte que vous donne une Teste si chere.

J'entre dans tous vos interests,
La Grece envain conspire,
Ce cœur qui pour vous soûpire,
Détruira tous ces projets.

Sur mes discours prenez une entiere assûrance;
J'en atteste des Dieux la suprême grandeur.

POLIXENE.

Bien loin que ce ſerment fonde mon eſperance ;
Il m'annonce un nouveau malheur.

PIRRHUS.

Me ſoupçonnez-vous d'artifice ?

POLIXENE.

Non, je vous rends plus de juſtice ;
Mais d'où vient l'embaras, Seigneur, où je vous voy?
Parlez, expliquez-moy....

PIRRHUS.

Toûjours brûlé de la plus vive flâme,
Hay des Grecs, mais plus hay de vous ;
Perſecuté du Ciel, redoutant ſon couroux :
Voilà l'état où ſe trouve mon ame.

POLIXENE.

Ah! ſi ſur vous j'avois quelque pouvoir,
Vous finiriez ma triſte inquietude.
Une éternelle incertitude....

PIRRHUS.

Qu'il vous ſuffiſe de ſçavoir
Que ma tendreſſe,
Eſt pour vous un rempart contre toute la Grece.
Vôtre extrême rigueur
Ne changera jamais mon cœur.

SCENE CINQUIE'ME.

POLIXENE.

IL me laiſſe incertaine,
Chaque inſtant redouble ma peine.

Fiere Raiſon, ſevere Honneur,
Venez au ſecours de ma gloire;
Je ſens qu'une tendre langueur
Malgré-moy regne dans mon cœur:
Elle efface de ma memoire
Le ſouvenir de mon malheur;
Fiere Raiſon, ſevere Honneur,
Venez au ſecours de ma gloire.

Tracez-moy de Priam la déplorable hiſtoire,
Peignez-moy de Pirrhus la funeſte valeur;
Helas! cruel Amour, eſt-ce là le Vainqueur
A qui ma liberté doit ceder la victoire;
Fiere Raiſon, ſevere Honneur,
Venez au ſecours de ma gloire.

SCENE SIXIE'ME.

POLIXENE, CEPHISE.

POLIXENE.

AH! sçais-tu l'entreprise
Que la Grece fait contre nous?

CEPHISE.

Rien ne peut-il calmer son injuste couroux?

POLIXENE.

Tu me connois, cher Cephise.

Mon cœur incapable d'effroy,
Ne sçauroit craindre pour moy.
Le destin de la Reine, & celuy des Troyennes,
Cause le Trouble où je me voy:
Vos infortunes sont les miennes.

ENSEMBLE.

Mais quel nouvel éclat se repand dans ces lieux?
Quels sons harmonieux?
Sensible à nôtre souffrance,
Quelle Divinité s'avance?

SCENE SEPTIE'ME.

VENUS descendant du Ciel, suivie des Graces, des Jeux, & des Plaisirs, & les Acteurs de la Scene précédente.

VENUS en descendant.

Tu peux encor calmer l'orage qui s'aprête
A fondre sur ta tête,
Réponds aux tendres vœux
D'un Prince genereux,
Qui seul contre les Grecs peut prendre ta deffence;
Sa tendresse, & ma puissance
T'arracheront à ton sort malheureux.

Tout ce que fit jadis Achille
Pour vanger Menelas,
Tes seuls appas
Peuvent le rendre inutile:
En t'unissant au dessein de son Fils,
Tu pourras te venger de tes fiers Ennemis.

CHOEUR.

Quand la tendresse
Sert le couroux,
Craindre ses coups
Seroit foiblesse:

VENUS.

Un tendre esclavage
Coûte quelques pleurs;
Mais c'est le présage
De mille douceurs:
Le printemps de l'âge
Doit toutes ses fleurs
A l'aimable usage
Des tendres langueurs;
Un sincere hommage
Doit fléchir les cœurs,
C'est estre peu sage
D'avoir des rigueurs:
Un tendre esclavage
Coûte quelques pleurs,
Mais c'est le présage
De mille douceurs.

CHOEUR.

Ah ! qu'il est doux
D'aimer sans cesse,
Quand la tendresse
Sert le couroux !

FIN DU SECOND ACTE.

ACTE

ACTE TROISIE'ME.

Le Théatre représente un Bois consacré à JUNON; On voit le Temple de cette Déesse dans l'éloignement.

SCENE PRE'MIERE.

ERIXENE, PIRRHUS.

PIRRHUS.

Olitaire Séjour où regne le silence,
Ecoute les regrets d'un Amant malheureux.
Le charmant Objet de mes vœux
Voit mon amour comme une offense,
Tout ce qui s'oppose à mes feux
En augmente la violence.
Solitaire Séjour où regne le silence,
Ecoute les regrets d'un Amant malheureux.

Le Ciel avec l'Enfer paroît d'intelligence:
Amour, dont je cheris les nœuds,
Si tu ne peux flâter mes desirs amoureux,
Dumoins arrête leur vangeance:
Solitaire Séjour où regne le silence,
Ecoute les regrets d'un Amant malheureux.

ERIXENE.

C'est vous qui m'aprenez ce cruel changement!
D'une vive douleur mon ame est penétrée;
Mais je veux oublier que je suis outragée.
Je plains vôtre aveuglement,
Il peut vous devenir funeste,
Vous devez redouter la colere celeste,
Tous les Grecs sont vos ennemis;
Pour vanger vos refus, ils croiront tout permis.

PIRRHUS.

Le reproche cruel qui déchire mon ame,
Me touche plus que leur fureur,
Lorsque je porte ailleurs l'hommage de mon cœur,
Je sens que vous étiez trop digne de ma flâme.

SCENE DEUXIE'ME.

ERIXENE.

LEs pleurs contre un Ingrat sont d'un foible secours,
C'est au mépris qu'il faut avoir recours.

Trop de colere honore un Infidelle:
D'un amour outragé le dangereux éclat
Ajoute une douceur nouvelle,
Aux plaisirs d'un Ingrat.

Polixene paroît, ma peine est sans égale!
Fuyons une heureuse Rivale.

SCENE TROISIE'ME.

POLIXENE, CEPHISE,
Chœur de Femmes Troyennes.

POLIXENE.

MEs Compagnes, cessez de repandre des pleurs.
La cruauté des Grecs me paroît une grace,
C'est moy seule qu'elle menace,
Heureuse! si ma mort finissoit vos malheurs.

CEPHISE, ET LE CHOEUR.

La vie est pour nous importune,
Nous voulons avec vous mourir.
Pouvons-nous supporter la cruelle infortune,
De vous voir à nos yeux perir?

SCENE QUATRIE'ME.

PIRRHUS, & les Acteurs de la Scene précédente.

PIRRHUS, au Choeur.

Cessez, d'affliger la Princesse,
Je le jure par ses appas,
Je le jure par ma tendresse,
L'enfer en vain ordonne son trépas.

CEPHISE ET LE CHOEUR.

Des sentimens si genereux
Vont calmer nos allarmes,
En sauvant l'Objet de tes vœux,
Force-nous d'oublier le bonheur de tes armes.

CEPHISE, & le Chœur se retirent,

SCENE CINQUIE'ME.

POLIXENE, PIRRHUS.

POLIXENE.

Votre haine eſt-elle immortelle?
Quoy! me deſtinez-vous à de nouveaux malheurs?
Vôtre fatal courage a fait couler mes pleurs;
Vôtre pitié m'eſt encor plus cruelle.

PIRRHUS.

Eſt-ce donc vous hair, que de ſauver vos jours
De la Grece en furie?
Pour voler à vôtre ſecours,
Je dois ſacrifier ma couronne & ma vie.

POLIXENE.

C'eſt ce ſecours qui m'eſt cruel.
Livrez la triſte Polixene;
Des Grecs ſatisfaites la haine,
Conduiſez-moy juſqu'à l'Autel.

PIRRHUS.

Moy! je ſerois l'auteur d'un fatal ſacrifice?

POLIXENE.

Le ſort l'ordonne, il faut que j'obeïſſe.

PIRRHUS.

La Terre! l'Enfer! les Cieux
Attaqueront en vain des jours ſi precieux.

Je vous feray sentir, barbare, ingrate Grece,
Que mon bras peut pour moy ce qu'il a pû pour vous.

POLIXENE.

Je ne merite point ce genereux couroux.
Pour surmonter vôtre foiblesse,
Je sçay l'infaillible secret;
Je ne m'en sers qu'à regret,
Vous m'y forcez: mon cœur est coupable d'un crime,
Je veux vous le découvrir.
Il faut perdre vôtre estime,
Pour vous forcer à me haïr.

Polixene que vas-tu dire?
Helas! je tremble, je soupire.

PIRRHUS.

Vous coupable d'un crime? & qu'est-il, grands Dieux!

POLIXENE.

J'aime.... ces tristes yeux
Par vous condamnez aux larmes
Se sont laissez frapper d'un trait victorieux:
Ce cœur nourry d'allarmes
N'a pû se garentir d'un penchant seducteur.

PIRRHUS.

Eh! quel est cet heureux Vainqueur?

POLIXENE.

Vous Pirrhus.

PIRRHUS.

Moy?

POLIXENE.

Je sens jusqu'où va ma foiblesse,
Le Heros de la Grece
Devoit m'inspirer de l'horeur.
Vos funestes exploits, source de ma tristesse,
D'un malheureux amour n'ont pû sauver mon cœur.

PIRRHUS.

O Ciel! quel aveu favorable!

POLIXENE.

Vous n'en serez pas plus heureux.
Ma foiblesse me rend indigne de vos feux,
Je sens combien je suis coupable.
Qu'un aveu si honteux,
S'efface de vôtre memoire,
Il y va de ma gloire.

PIRRHUS.

Non, je ne puis vous obeir,
Un tel bonheur doit m'occuper sans cesse,
Moy, je perdrois le souvenir
D'avoir touché le cœur de ma Princesse!

POLIXENE.

Ecoutez les loix du devoir.

PIRRHUS.

De vos yeux je sens le pouvoir.

POLIXENE.

Esteignez vôtre flâme.

PIRRHUS.

Que l'amour regne dans vôtre ame.

POLIXENE.

La gloire n'y consent pas.

PIRRHUS.

D'un tendre amour a-t'elle les appas?

ENSEMBLE.

Sur vôtre cœur que j'ay peu de puissance?
Rendez vous à mes sentiments,
De mon devoir }
De mon amour } *suivez les mouvements,*
Ne luy faites point resistance.

SCENE VI.

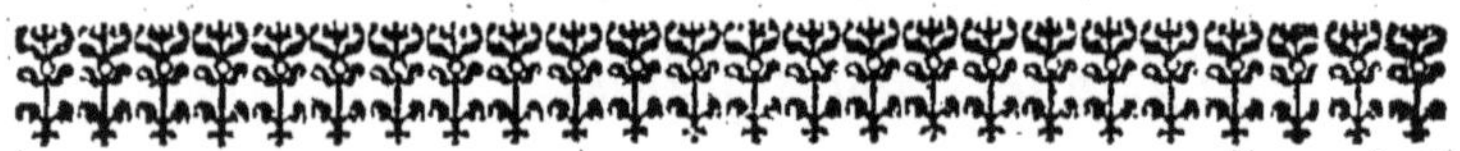

SCENE SIXIEME.

ULYSSE, & les Acteurs de la Scene précédente.

POLIXENE.

Ulysse, aprochez-vous, je sçay vôtre dessein.
Si Pirrhus ne repond à vôtre impatience,
S'il ose à tous les Grecs opposer sa puissance,
J'iray moy-même offrir mon sein
Au ministre de leur vangeance.

POLIXENE sort.

SCENE SEPTIEME.

PIRRHUS, ULYSSE.

O Ciel! quelle fermeté!
O trop cruelle Patrie!
Quoy vous avez assez de cruauté
Pour en vouloir à sa vie?

ULYSSE.

Vous devez me connoître mieux.
Je plains autant que vous, le sort de la Princesse;
Moins Roy, qu'esclave de la Grece,
Toûjours chargé de soins, penibles, odieux,
Je viens vous demander.....

PIRRHUS.

Grands Dieux!
N'achevez pas un discours qui m'offence.

ULYSSE.

Ah! devez-vous des Dieux implorer l'assistance,
Quand vous leur faites resistance?
Il n'est plus temps de le dissimuler;
Tous les Grecs sont armez & le sang va couler,
Prevenez l'horreur extrême....

PIRRHUS.

Je vay deffendre ce que j'aime.

SCENE HUITIE'ME.

JUNON dans son Char, MINERVE dans le sien, & les Acteurs de la Scene précédente.

JUNON

ARreste, Prince audacieux,
C'est Junon qui s'offre à tes yeux.
Surmonte une foiblesse extrême,
Et je me serviray de mon pouvoir suprême,
Pour rendre ton destin à jamais glorieux.

Les Grandeurs, la Magnificence,
Iront audevant de tes vœux:
Mais si tu ne veux pas que je te rende heureux,
Redoute ma vangeance.

Les Richesses, l'Abondance, les Honneurs, la Magnificence entrent du côté de JUNON.

MINERVE.

Dans la carriere glorieuse,
Qui mene à l'immortalité;
Rougi, de te voir arresté
Par une flâme honteuse.

Les Vertus qui accompagnent la Déesse de la Sagesse, entrent de son côté.

Heroïques Vertus, vous qui suivez mes pas,
Emparez-vous d'un cœur où regne la foiblesse:
Et par vos divins appas,
Rendez ce Heros à la Grece.

CHŒUR.

Sans la Vertu, sans son secours,
Les Mortels errent sans cesse;
Et le plus beau de leurs jours
Est marqué par quelque foiblesse.
Sans la Vertu, sans son secours,
Les Mortels errent sans cesse.

CHOEUR.

Triomphe dans ce jour d'une fatale ardeur,
Que la paix regne dans ton cœur ;
Cette Victoire
Immortalisera ta gloire.

UNE SUIVANTE DE JUNON.

Quand l'Amour veut seduire nôtre ame
Un doux espoir accompagne sa flâme,
Il rit à tous nos desirs,
Il promet mille charmants plaisirs :
Tout enchante dans ces moments,
Mais les soûpirs, & les pleurs des Amants,
Font trouver sa chaîne bien pesante :
Sous ses loix on est trop agité,
Pour un faux bien qu'Amour nous presente
Faut-il risquer ceux de la liberté ?

ULYSSE.

Devez-vous resister à ses ordres puissants.

PIRRHUS.

Vous ne connoissez pas ce que peut sur une ame,
Une innocente flâme.
Si vous sentiez ce que je sens ;
Qu'un Objet pour vous plein de charmes,
Fût menacé du plus cruel trépas ;
De mille mortelles allarmes,
Vôtre austere vertu ne vous sauveroit pas.

FIN DU TROISIE'ME ACTE.

ACTE QUATRIÉME.

Le Théatre représente le Palais D'ERIXENE.

SCENE PREMIERE.

POLIXENE, PIRRHUS.

POLIXENE.

Otre amour sur mon cœur n'a que trop de puissance,
Il éteint le desir d'une juste vangeance,
Malgré moy je vous laisse voir,
Qu'il balance mon devoir.

PIRRHUS.

Laissez-vous donc fléchir.

POLIXENE

Si je suis malheureuse,
Les decrets du destin ne peuvent s'éviter ;
Par une fuite honteuse,
Je ne veux point les meriter.

PIRRHUS.

Cruelle, vous m'aimez? non je ne puis le croire.
Trop de fierté regne dans vôtre cœur:
Une chimerique gloire
Y triomphe de mon ardeur;
Que mon tendre amour vous fléchiſſe.

POLIXENE.

Mon ſort eſt aſſez rigoureux;
Ah! faut-il que vôtre injuſtice
Le rende encore plus affreux.
D'un reproche cruel mon ame trop atteinte....

PIRRHUS.

Pardonnez un ſoupçon qu'a fait naître la crainte.
Tous les moments ſont precieux.
Suivez Phœnix c'eſt un amy fidele;
Il vous ſauvera de ces lieux;
Fiez-vous à ſon zele,
Recevez mes adieux.

POLIXENE.

Helas!

PIRRHUS.

Je ſens par avance,
Les maux que cauſe l'abſence.
Il faut conſerver vos jours;
Je dois me faire violence.
De mes tendres frayeurs ſouvenez-vous toûjours.

POLIXENE.

Quel trouble cruel!

PIRRHUS.

Seul, je soutiendrai l'orage.
Agamemnon, Nestor, Ulysse, Menelas
N'oseront pas
Pousser à bout mon courage.

POLIXENE.

Rien ne peut ebranler mon severe devoir,
Je tremble quand je le declare,
Je crains vôtre desespoir,
Et non la mort, que Calchas me prepare:

Mais finissons ce terrible entretien.

PIRRHUS.

Quoy vous!..

POLIXENE.

Je n'écoute plus rien.
Soyez content que vôtre flâme,
Suspende pour quelques moments,
Les nobles sentiments,
Qui doivent regner dans mon ame.
Adieu, ne suivez point mes pas.

PIRRHUS.

Non je ne vous quitte pas.

ERIXENE entre.

SCENE DEUXIE'ME.

ERIXENE.

Quel prix d'un amour trop fidele!
Mon cœur vole aprés luy, lorsque l'Ingrat me fuit,
J'appelle ma raison, cette raison cruelle,
Loin de me servir, me nuit;
Dans mon cœur elle rapelle
Les charmes qui l'ont seduit.
Quel prix d'un amour trop fidele!
Mon ame envain se livre à la douleur.
Insensible à mes larmes,
Si Pirrhus sçavoit mes allarmes;
Il en feroit hommage aux charmes,
Qui m'enlevent son cœur.
Je ne puis soûtenir cette image cruelle;
Ah! je succombe à ma douleur mortelle.

Elle tombe évanoüie.

SCENE TROISIE'ME.

IRIS, sur son Arc.

Vents qui suivez les loix de la Reine des Cieux,
Volez, enlevez de ces lieux
La Princesse de Thrace;
Volez, signalez vôtre audace

Les Vents paroissent.

Qu'elle

Qu'elle passe dans le séjour,
Où regne dans l'horreur la triste Jalousie.
Junon, ordonne qu'en ce jour,
Elle ressente tour à tour,
Tout ce qui peut troubler le repos de la vie,
Lorsqu'un cœur se livre à l'amour.

Les Vents enlevent ERIXENE, le Théatre change & représente l'Antre de la JALOUSIE.

SCENE QUATRIEME.

LA JALOUSIE, les Soupçons, la Crainte, la Folie, la Fureur, & la Haine.

LA JALOUSIE.

Tout est soûmis à ma puissance.
Je parcours l'univers, je vole dans les cieux;
Ce seroit envain que les Dieux
Voudroient me faire resistance.
Contre mes traits Victorieux,
Jupiter même est sans deffense.

Lorsque l'Amour pour seduire les cœurs,
Fait esperer de parfaites douceurs,
Je ris de sa vaine promesse.
Je puis dans un moment,
Par le transports dont je suis la maîtresse,
Detruire un espoir trop charmant.

Je puis au gré de mon envie,
Causer le plus affreux malheur.
Le flambeau d'une furie
Excite dans le cœur
Moins de trouble & de fureur,
Qu'un trait ardent de jalousie.

CHOEUR.

Nous, dont les mortelles atteintes
Troublent le bonheur des Amants;
Cruels Soupçons, fatales Craintes,
Injustes Plaintes,
Soupirs, Desirs, Emportements
Prets d'obeir à tes commandements,
Dans le transport qui nous anime,
Nous attendons une Victime.

LA JALOUSIE.

Junon veut que dans ce jour
Nous servions encor sa haine.
Je vois paroître Erixene;
De vos vifs mouvements, animez son amour.

Les Vents portent ERIXENE qui paroît toûjours evanoüie.

CHOEUR.

Penétrons, penétrons le cœur d'une Mortelle;
Montrons à Junon nôtre zele,
C'est l'Epouse, & la Sœur du plus puissant des Dieux;
Obeissons à la Reine des Cieux.

LA JALOUSIE.

Sors d'une triſteſſe fatale,
Livre ton cœur au reſſentiment ;
Ton heureuſe Rivale
Fuit avec ton Amant.
Sors d'une triſteſſe fatale,
Livre ton cœur au reſſentiment.

L'Antre diſparoît, & l'on revoit le Palais d'ERIXENE.

SCENE CINQUIE'ME.

ERIXENE, revenant de ſon évanoüiſſement.

OU ſuis-je ! quel preſſentiment
Allarme ma tendreſſe ?
Quel jaloux mouvement
Succede à ma triſteſſe ?
Aux pieds de ſa Maîtreſſe,
Je voy mon perfide Amant ;
Leur mutuelle ardeur me bleſſe.
Surmontons une indigne foibleſſe,
Livrons-nous au reſſentiment.

SCENE SIXIE'ME.

ERIXENE, ULYSSE.

ERIXENE.

Seigneur, si vous aimez la Grece,
Ne perdez pas un seul moment;
Mon infidele Amant
Enleve la Princesse:
Il méprise la voix de son Pere, & des Dieux.
Impie, Ingrat, Parjure,
Nous avons tous part à l'injure.
Phœnix est confident d'un amour odieux;
Il attend que la nuit obscure
Favorise son départ;
Craignez d'arriver trop tard.

ENSEMBLE.

Répondez, répondez au transport qui m'anime,
Unissons nous:
Dans la même Victime,
Eteignons nôtre couroux.

FIN DU QUATRIE'ME ACTE.

ACTE CINQUIE'ME.

Le Théatre représente un Champ.

SCENE PREMIERE.

ERIXENE.

AH! faut-il que mes yeux
Soient les témoins du spectacle barbare,
Que mon jaloux transport prepare?
Que viens-je faire dans ces lieux?
Quel crime a commis Polixene,
Pour meriter ma haine?
Elle efface mes appas,
Elle rend Pirrhus infidele;
Peut-être elle n'y pense pas,
Et je suis assez cruelle,
Pour vouloir son trépas!
Mais quels chants remplis d'allegresse?
Eloignons-nous, cachons nôtre tristesse.

SCENE DEUXIE'ME.

Troupe de Grecs, Troupe de Thraces & de Thraciennes, Bergers & Pastres.

CHOEUR.

Chantons, réjoüissons-nous.
Aprés une longue absence,
Des lieux de nôtre naissance,
Que le repos sera doux!
Chantons réjoüissons-nous.

CHOEUR DE GRECS.

Calchas de l'avenir perce la nuit profonde,
Nôtre course vagabonde
Doit finir en ce jour.
Assurons-nous sur sa promesse,
Nous allons revoir la Grece,
Chantons nôtre heureux retour.

Les Thraces & les Thraciennes se joignent aux Grecs.

Nous allons / *Vous allez* } *revoir la Grece;*
Chantons nôtre / *Chantez vôtre* } *heureux retour.*

UNE THRACIENNE.

Vous partez, & vôtre joye éclate.
Ah! que sont devenus tous vos empressements?

Oubliez-vous si-tôt vos soûpirs, vos serments?
D'un retour incertain, le faux espoir vous flate.
Vous partez, & vôtre joye éclate!
Vous êtes de trompeurs Amants.

CHOEUR.

Ilion est reduit en cendre,
Le Troyen est soûmis.
Les ondes du Scamandre
Ont grossi par le sang de { *nos* / *vos* } *fiers ennemis.*

{ *Nos* / *Vos* } *noms au Temple de Memoire,*
Sont consacrez par la valeur;
Un fortuné retour assure le bonheur,
Acquis par tant de gloire.

UNE BERGERE.

Dans ces agreables Retraites
Nous goûtons les plus doux plaisirs,
Nous y bornons tous nos desirs,
A danser au son des Musettes.

Si le Dieu d'Amour sur nos cœurs,
Eprouve quelquesfois ses armes,
Nous n'en connoissons que les charmes,
Nous en ignorons les rigueurs.

SCENE TROISIE'ME.

ERIXENE, ULYSSE, & les Acteurs de la Scene précédente.

ERIXENE.

JE cherche Ulysse avec empressement.

CHOEUR.

Il paroît en ce moment.

ULYSSE.

Mes soins ont reussi, j'ay trouvé la Princesse.
Sur le bord de la Mer, un chemin détourné
La derobou au salut de la Grece:
Phœnix en me voyant ne s'est point étonné;
Il s'est mis en deffense,
Sa resistance
A forcé mon courage, à luy percer le cœur.

ERIXENE.

Polixene, Seigneur?

ULYSSE.

Ulysse, a-t'elle dit, tu viens rompre mes chaînes,
Tes soins vont terminer mes peines.
Sa fermeté m'a donné de l'effroy;
J'admire cette noble audace,
Et de la mort qui la menace.
Je deteste la dûre loy.

ERIXENE.

ERIXENE.

Ah! qu'ay-je fait, Ulysse?
C'est moy qui la conduis au bord du précipice;
De mon crime je sens l'horreur.
Non, ce n'est point Calchas qui fait ce Sacrifice,
C'est ma fureur;
Allons cacher ma honte, & ma douleur.

ERIXENE se retire avec toutes les Thraciennes.

SCENE QUATRIEME.

ULYSSE, CALCHAS suivi des Sacrificateurs, qui viennent poser un Autel au milieu du Théatre.

Troupe de Grecs.

CALCHAS.

APpaise ton couroux, ô puissante Thetis,
Nous allons obeir aux ordres de ton Fils.

CHOEUR.

Appaisse ton couroux, ô puissante Thetis,
Nous allons obeir aux ordres de ton Fils.

CALCHAS.

C'est par nos penibles travaux,
Que nous avons soûmis la superbe Phrigie,
Rend-nous dans le sein du repos;
Fai-nous revoir nôtre chere Patrie.

ULYSSE sort.

CHOEUR.

Rend-nous dans le sein du repos ;
Fai-nous revoir nôtre chere Patrie.

CALCHAS.

Sans respecter la beauté ny le rang,
Nous devons répandre le sang.
Dans le transport qui nous anime,
Immolons une grande Victime.

CHOEUR.

Appaise ton couroux, ô puissante Thetis,
Nous allons obeir aux ordres de ton Fils.

On entend un bruit de Guerre.

CALCHAS.

Quel bruit guerrier se fait entendre ?
Pirrhus ! que vient-il entreprendre ?

Il entrevoit PIRRHUS suivi de Soldats.

CHOEUR.

Dieux immortels,
Deffendez vos Autels.

SCENE CINQUIE'ME.

PIRRHUS suivi de Soldats, & les Acteurs de la Scene précédente,

PIRRHUS.

Quelle fureur extrême
Vous oblige à repandre un sang si precieux?
Je periray moy-même,
Plûtôt que de souffrir ce spectacle odieux.

CHOEUR DE SACRIFICATEURS.

Quel transport furieux!

CALCHAS.

Quelle audace! Temeraire,
Oses-tu venir dans ces lieux,
Te declarer contre les Dieux?
Pirrhus, redoute leur colere.

PIRRHUS.

Qu'ay-je encor à redouter,
Puisqu'ils ont ordonné la mort de Polixene?
N'ont-ils pas épuisé tous les traits de leur haine?

CHOEUR DE SACRIFICATEURS.

Cesse de les irriter.

CALCHAS.

Respecte leurs Autels.
Les Maîtres de la terre
Sont plus prés du tonnerre,
Que les autres Mortels.

PIRRHUS.

Non, vous ne ferez point cet affreux Sacrifice.
Que toute la Grece perisse;
Je ne prens plus de loy que de mon desespoir.
Mais je ne la vois point....

CALCHAS.

Pirrhus, tu vas la voir.
Chaque instant redouble ton crime.
Qu'on fasse aprocher la Victime.
Temeraire, c'est à tes yeux
Que je prétens l'offrir aux Dieux;
Tes furieux transports & ta rage impuissante,
Rendront sa mort encor plus éclatante.

PIRRHUS.

O Ciel! quelle voix menaçante!

CALCHAS.

Pour obtenir le vent trop long-temps attendu,
L'Aulide a veu perir une illustre Princesse;
Le sang de Polixene en Thrace répandu,
Nous doit ouvrir le chemin de la Grece.

SCENE DERNIERE.

Les Acteurs de la Scene précédente.

Deux Sacrificateurs amenent POLIXENE; PIRRHUS se jette entre CALCHAS & cette Princesse pour empêcher ce Sacrificateur de s'en saisir.

PIRRHUS, & sa suite.

ARrêtez Calchas, arrêtez.

POLIXENE.

Pirrhus, & vous Grecs, écoutez.

Le sang dont j'ay reçû la vie,
Est le plus beau de l'Univers,
Je dois rougir d'être asservie,
A la honte de vos fers;
Je ne murmure point d'un si cruel revers,
Puisque au gré de mon envie,
Ce moment de liberté,
Met ma gloire en sureté.

POLIXENE prend le Couteau sacré & s'en perce le sein.

CHOEUR.

Quel intrepide courage!

PIRRHUS.

Ma Princesse...

POLIXENE.

Calchas n'aura pas l'avantage
De m'avoir livrée à la mort,
Je suis maîtresse de mon sort.

PIRRHUS.

Cruelle, vous mourez?

POLIXENE.

J'aurois aimé la vie,
Si j'avois pû vivre pour vous;
Dois-je me plaindre helas! qu'elle me soit ravie,
Quand le devoir s'oppose à des liens si doux?
O Grecs, de mon trépas voyez qu'elle est la gloire?
Pirrhus, de mon amour conservez la memoire.

Elle meurt.

PIRRHUS.

Ah! je ne puis survivre à son sort malheureux.

Il veut se tuer.

CHOEUR.

Quel desespoir affreux!

Sa suite le desarme.

PIRRHUS.

Barbares, laissez-moy suivre l'Objet que j'aime.

CHOEUR.

Il faut le derober à sa fureur extrême.

Sa suite l'entraîne.

CALCHAS, & tous les CHOEURS.

Qu'un sang si précieux
Appaise pour jamais la colere des Dieux.

FIN DU CINQUIEME ET DERNIER ACTE.

PRIVILEGE GENERAL.

LOUIS PAR LA GRACE DE DIEU, ROY DE FRANCE ET DE NAVARRE: à nos amez & feaux Conseillers, les Gens tenant nos Cours de Parlement, Maîtres des Requêtes ordinaires de nôtre Hôtel, Grand Conseil, Prévôt de Paris, Baillifs, Senéchaux, leurs Lieutenants Civils, & à tous autres nos Justiciers qu'il appartiendra; SALUT: Nôtre bien amé le Sieur JEAN NICOLAS DE FRANCINI, l'un de nos Conseillers, Maître d'Hôtel ordinaire, interessé conjointement avec le Sieur HYACINTHE DE GAUREAULT Sieur DE DUMONT, l'un de nos Ecuyers ordinaires, & de nôtre tres-cher & bien amé Fils le Dauphin, au Privilege que nous leur avons accordé, pour l'Academie Royale de Musique, par nos Lettres Patentes du 30. Decembre 1698. Nous ayant fait remontrer qu'il desiroit donner au Public un RECUEIL GENERAL DES OPERA, REPRESENTEZ PAR L'ACADEMIE ROYALE DE MUSIQUE, DEPUIS SON ETABLISSEMENT, ET QUI SERONT REPRESENTEZ CY-APRE'S, s'il nous plaisoit luy accorder nos Lettres de Privilege sur ce necessaires, attendu les grandes dépenses qu'il convient faire, tant pour l'Impression que pour la Gravure en Taille-douce des Planches dont ce Livre sera orné. Nous avons permis & permettons par ces presentes audit Sr DE FRANCINI, de faire imprimer ledit RECUEIL par tel Imprimeur, & en telle forme, marge, caractere que bon luy semblera, en un ou plusieurs Volumes, conjointement ou separément, & de le faire vendre & distribuer dans tout nôtre Royaume, pendant le temps de six années consecutives, à compter du jour de la datte des présentes. FAISONS D'EFENSES à tous Imprimeurs, Libraires, & à tous autres de quelque qualité & condition qu'ils puissent être, de contrefaire ledit RECUEIL en tout, ni en partie; ni même les Planches & Figures qui l'accompagnent, & d'en faire venir ni vendre d'impression étrangere, sans le consentement par écrit de l'Exposant, ou de ceux à qui il aura transporté son Droit, à peine de trois mille livres d'amende contre chacun des contrevenants; dont un tiers à l'Hôtel-Dieu de Paris, un tiers à l'Exposant, & l'autre au Dénonciateur, de confiscation des Exemplaires contrefaits, que nous voulons être saisies par tout où ils se trouveront, & de tous dépens, dommages & interests: à la charge que ces présentes seront registrées és Registres de la Communauté des Imprimeurs & Libraires de Paris, que l'impression desdits Opera, sera faite dans nôtre Royaume, & non ailleurs, & ce en bon Papier & en beau Caractere conformement aux Reglements de la Librairie, & qu'avant que de l'exposer en vente, il en sera mis deux Exemplaires dans nôtre Bibliotheque publique, un dans le Cabinet des Livres de nôtre Château du Louvre, & un dans celle de nôtre tres-cher & feal Chevalier Chancellier de France le Sieur Phelypeaux, Comte de Pontchartrain, Commandeur de nos Ordres; le tout à peine de nullité des présentes: du contenu desquelles, nous vous mandons & enjoignons de faire joüir l'Exposant, ou ses ayants cause pleinement & paisiblement, sans souffrir qu'il leur soit fait aucun trouble ou empêchement. VOULONS que la copie de ces présentes, qui sera imprimée, dans ledit Livre, soit tenuë pour bien & dûëment signifiée, & qu'aux copies collationnées, par l'un de nos amez & feaux Conseillers-Secretaires, foy soit ajoûtée comme à l'Original. COMMANDONS au premier nôtre Huissier ou Sergent sur ce requis, de faire pour l'exécution des présentes, tous Actes requis & necessaires, sans demander autre permission, nonobstant Clameur de Haro, Charte Normande, & Lettres à ce contraires: CAR tel est nôtre plaisir. DONNE' à Versailles le dixiéme jour de Juin, l'An de grace 1703. Et de nôtre Regne, le soixante-uniéme. Par le ROY, en son Conseil. Signé, LE COMTE, avec Paraphe, & scellé.

Ledit Sieur DE FRANCINI a fourny le present Privilege à *Christophe Ballard*, seul Imprimeur du Roy pour la Musique, pour en joüir en son lieu & place, suivant leurs conventions.

Registré sur le Livre de la Communauté des Imprimeurs & Libraires, conformément aux Reglements. A Paris le 11. Juin 1703. Signé TRABOUILLET, Syndic.

www.ingramcontent.com/pod-product-compliance
Ingram Content Group UK Ltd.
Pitfield, Milton Keynes, MK11 3LW, UK
UKHW021214230726
13926UKWH00003B/1011